हिन्द पॉकेट बुक्स

हमारा
राष्ट्रीय वृक्ष

बरगद

बरगद हमारा राष्ट्रीय वृक्ष है और हमेशा से ही सभी पेड़ों में से इसने सबसे गौरवशाली स्थान पाया है, इसलिए इसे बरगद दादा के नाम से भी पुकारते हैं। बरगद जहाँ ऋषि-मुनियों का आश्रय-स्थल रहा है, वहीं गाँवों में पंचायतें कभी बरगद के नीचे ही बैठा करती थीं। बच्चों और किशोरों को बरगद के बारे में संपूर्ण जानकारी देने के उद्देश्य से ही इस पुस्तक को लिखा गया है।

यह पुस्तक बहुत ही आसान भाषा में है और इसे रोचक ढंग से लिखा गया है, ताकि इसे याद करने में भी आसानी होगी। इसके साथ ही इसमें आकर्षक चित्र भी दिए गए हैं और साथ ही आपकी परिक्षा के लिए प्रश्नोत्तरी, हल कीजिए और अपने ज्ञान की परिक्षा आप स्वयं कीजिए।

लेखक की अन्य पुस्तकें

- हमारे राष्ट्रीय खेल
- हमारा राष्ट्रीय पुष्प कमल
- हमारा राष्ट्रीय पक्षी मोर
- हमारा राष्ट्रीय गीत
- हमारी राष्ट्रीय संस्कृति वैदिक
- हमारा राष्ट्रीय फल आम
- हमारा राष्ट्रीय चिह्न अशोक चक्र
- हमारा राष्ट्रीय पशु बाघ
- हमारी राष्ट्रीय जलचर डॉल्फिन
- हमारी राष्ट्रीय नदी गंगा
- हमारा राष्ट्रीय ग्रंथ गीता
- हमारे राष्ट्रीय पर्व और दिवस
- हमारे राष्ट्रीय स्मारक
- हमारा राष्ट्रीय ध्वज तिरंगा
- हमारे राष्ट्रीय विरासत स्थल
- हमारी राजभाषा हिन्दी
- हमारे नेशनल पार्क
- लोकप्रिय बाल गीत
- हमारे देशभक्ति गीत
- हमारे राष्ट्रीय गीत
- शहीदों के अमर गीत
- महाभारत की कहानियाँ
- पुराणों की कहानियाँ
- रामायण की कहानियाँ
- बेताल पचीसी, दो भागों में
- महापुरुषों का बचपन
- महाराणा प्रताप
- बहादुर बेटी मलाला

सुरुचिपूर्ण एवं प्रेरणादायक सचित्र जानकारियाँ

हमारा राष्ट्रीय वृक्ष

बरगद

तेजपाल सिंह धामा

हिन्द पॉकेट बुक्स
पेंगुइन रैंडम हाउस इम्प्रिंट

हिन्द पॉकेट बुक्स

यूएसए | कनाडा | यूके | आयरलैंड | ऑस्ट्रेलिया | सिंगापुर
न्यू ज़ीलैंड | भारत | दक्षिण अफ्रीका | चीन

हिन्द पॉकेट बुक्स, पेंगुइन रैंडम हाउस ग्रुप ऑफ़ कम्पनीज़ का हिस्सा है,
जिसका पता global.penguinrandomhouse.com पर मिलेगा

पेंगुइन रैंडम हाउस इंडिया प्रा. लि.,
चौथी मंजिल, कैपिटल टावर -1, एम जी रोड,
गुड़गांव 122 002, हरियाणा, भारत

पेंगुइन
रैंडम हाउस
इंडिया

प्रथम हिन्दी संस्करण हिन्द पॉकेट बुक्स द्वारा 2014 में प्रकाशित
यह हिन्दी संस्करण हिन्द पॉकेट बुक्स में पेंगुइन रैंडम हाउस द्वारा 2022 में प्रकाशित

10 9 8 7 6 5 4 3 2

इस पुस्तक में व्यक्त विचार लेखक के अपने हैं, जिनका यथासंभव तथ्यात्मक सत्यापन किया गया है, और इस संबंध में प्रकाशक एवं सहयोगी प्रकाशक किसी भी रूप में उत्तरदायी नहीं हैं।

ISBN 9789353491383

मुद्रकः रेप्रो इंडिया लिमिटेड

www.penguin.co.in

FSC www.fsc.org
MIX
Paper from responsible sources
FSC® C047271

This is a legitimate digitally printed version of the book and therefore might not have certain extra finishing on the cover.

क्रम

बरगद एक परिचय

बच्चो! बरगद हमारा राष्ट्रीय वृक्ष है, चलो आज हम आपको बरगद की कहानी सुनाएँगे। आपने नाना-नानी और दादी से तो बहुत कहानियाँ सुनी होंगी, आज बरगद दादा की कहानी हम तुम्हें सुनाते हैं। जानते हो बरगद को दादा के नाम से भी पुकारते हैं, क्योंकि प्राचीन काल से इसके नीचे पंचायत करने की परंपरा रही है और योगियों को मिला है साधना स्थान।

भारतीय बरगद यानी कि फाइकस बैंगालेंसिस एक विशाल वृक्ष होता है, जिसकी शाखाएँ और जड़ें एक बड़े हिस्से में एक नए पेड़ के समान लगने लगती हैं। जड़ों से और अधिक तने और शाखाएँ बनती हैं। इस विशेषता और लंबे जीवन के कारण इस पेड़ को अनश्वर माना जाता है और यह भारत के इतिहास और लोक कथाओं का एक अविभाज्य अंग है। आज भी बरगद के पेड़ को ग्रामीण जीवन का केंद्र बिन्दु माना जाता है और गाँव की परिषद इसी पेड़ की छाया में बैठक करती है।

बरगद बहुवर्षीय विशाल वृक्ष है। यह एक स्थलीय द्विबीजपत्री एवं सपुष्पक वृक्ष है। इसका तना सीधा व कठोर होता है। इसकी

शाखाओं से जड़े निकलकर हवा में लटकती हैं तथा बढ़ते हुए जमीन के अंदर घुस जाती हैं एवं स्तंभ बन जाती हैं। इन जड़ों को बरोह या प्राप जड़ कहते हैं। इसका फल छोटा गोलाकार एवं लाल रंग का होता है।

इसके अन्दर बीज पाया जाता है। इसका बीज बहुत छोटा होता है, किन्तु इसका पेड़ बहुत विशाल होता है। इसकी पत्ती चौड़ी एवं लगभग अण्डाकार होती है।

इसकी पत्ती, शाखाओं एवं कलिकाओं को तोड़ने से दूध जैसा रस निकलता है, जिसे लेटेक्स कहा जाता है। बरगद भारतीय संस्कृति

में पूजनीय होने के साथ-साथ यह भारत का राष्ट्रीय वृक्ष भी है। बरगद को बर, बट या वट भी कहते हैं।

बरगद मोरेसी या शहतूत कुल का पेड़ है। हिंदू और बौद्ध लोग इस वृक्ष को पूजनीय मानते हैं। इसके दर्शन स्पर्श तथा सेवा करने से पाप दूर होता है तथा दुःख और व्याधि नष्ट होती है। अतः इस वृक्ष के रोपण और ग्रीष्म काल में इसकी जड़ में पानी देने से पुण्य संचय होता है, ऐसा माना जाता है।

उत्तर से दक्षिण तक समस्त भारत में वट वृक्ष उत्पन्न होते देखा जाता है। इसकी शाखाओं से बरोह निकलकर जमीन पर पहुँचकर स्तंभ का रूप ले लेती हैं। इससे पेड़ का विस्तार बहुत जल्द बढ़ जाता है। बरगद के पेड़ को मघा नक्षत्र का प्रतीक माना जाता है। मघा नक्षत्र में जन्म लेने वाले व्यक्ति बरगद की पूजा करते हैं। इस नक्षत्र में जन्म लेने वाले व्यक्ति अपने घर में बरगद के पेड़ को लगाते हैं।

बरगद के वृक्ष की शाखाएँ दूर-दूर तक फैली तथा जड़ें गहरी होती हैं। इतनी गहरी जड़ें किसी और वृक्ष की नहीं होती हैं।

जड़ों और अधिक तने से शाखाएँ बनती हैं और इस विशेषता और लंबे जीवन के कारण इस वृक्ष को अजर-अमर माना जाता है। वट, यानी बरगद को अक्षय वट भी कहा जाता है, क्योंकि यह पेड़ कभी नष्ट नहीं होता है। अब भी बरगद के वृक्ष को ग्रामीण जीवन का केंद्र बिन्दु माना जाता है और आज भी गाँव की परिषद इसी पेड़ की छाया में पंचायत करती है और मंदिरों में देवस्थान इसी के नीचे बनाए जाते हैं।

कहाँ-कहाँ पाया जाता है बरगद!

एशिया (भारत और पाकिस्तान), पूरे उपमहाद्वीप के उष्ण कटिबंधीय वनों में यह महान वृक्ष बरगद प्राकृतिक रूप से पाया जाता है।

यह वृक्ष, बहुधा, अत्यंत विशाल होता है, जिसकी ऊँचाई 30 मीटर तक हो सकती है, इसकी अनेक वायवीय शाखाएँ होती हैं जो नए तनों के रूप में विकसित हो सकती हैं जिनकी वजह से इस वृक्ष का अनंत विस्तार होता जाता है। इस प्रकार एक अकेला वृक्ष अपने दायरे में अत्यंत विस्तृत क्षेत्र को समा सकता है।

पत्तियाँ चीमड़, पूर्ण आकार वाली, अंडाकार या दीर्घ वृत्ताकार होती हैं, इनकी लंबाई 20-40 सेमी तक होती है और इनमें उभरी हुई पार्श्व शिराएँ होती हैं।

फलों का व्यास 1 से 2 सेमी तक होता है, उनमें वृंत नहीं होते और पत्तियों के कक्षों में जोड़े के रूप में पाए जाते हैं और पक जाने पर ये चमकीले लाल हो जाते हैं।

बरगद का यह जकड़ीला वृक्ष अपना जीवन अन्य वृक्षों पर उगने के साथ प्रारंभ करता है और अंततः उन्हें अपने अंदर पूरी तरह समा लेता है।

वायवीय जड़ें शाखाओं से लटकती हैं और अंततः तनों का रूप धारण कर लेती हैं। पुराने वृक्ष अत्यंत विशाल आकार धारण कर सकते हैं।

उनका व्यास 200 मीटर और ऊँचाई 30 मीटर तक हो सकती है। उनकी स्वागत करती हुई छाया उन्हें लोगों के जमावड़े का महत्त्वपूर्ण स्थान बना देती है। हिन्दू पौराणिकता में 'इच्छाओं की पूर्ति करने वाला वृक्ष' के रूप में जाना जाने वाला बरगद शाश्वत जीवन का प्रतीक है।

इस वृक्ष को भारत के हिंदू और बौद्ध पवित्र मानते हैं और उन्हें मंदिरों के आस-पास बहुधा रोपा जाता है। अलंकरण योग्य भव्य

वृक्ष होने के नाते उष्ण कटिबंधीय क्षेत्र में इसे पार्कों और गलियों के किनारों पर भी रोपा जाता है।

शीतोष्ण जलवायु में इसे घरेलू वृक्ष (हाऊस प्लांट) के रूप में उगाया जाता है।

बरगद रंजक (रंग द्रव्य) और चपड़ा बनाने का एक स्रोत है, जो फ्रेंच पॉलिश का एक महत्त्वपूर्ण अवयव है, जिसे लाख निर्मित करने वाले कीड़ों द्वारा निर्मित किया जाता है जो इस वृक्ष पर नाशक कीटों के रूप में निवास करते हैं।

सबसे बड़ा बरगद

अब तक माना जाता था कि भारत में बरगद के दो सबसे बड़े पेड़ कोलकाता के राजकीय उपवन में और महाराष्ट्र के सतारा उपवन में हैं, लेकिन अब भारत में ही बरगद के सबसे विशाल वृक्ष की खोज रंगारेड्डी जिला आंध्र प्रदेश में की गई है। इसे हनुमान गौंसाईमर्री के नाम से पुकारा जाता है।

शिवपुर के वटवृक्ष की मूल जड़ का घेरा 42 फुट और अन्य छोटे छोटे 230 स्तंभ हैं। इनकी शाखा प्रशाखाओं की छाया लगभग 1000 फुट की परिधि में फैली हुई है। सतारा के वट वृक्ष, 'कबीर वट', की परिधि 1,587 फुट और उत्तर-दक्षिण 565 फुट और पूरब-पश्चिम 442 फुट है।

लंका में एक वट वृक्ष है, जिसमें 340 बड़े और 3000 छोटे-छोटे स्तंभ हैं। बरगद की छाया घनी, बड़ी, शीतल और ग्रीष्म काल में आनंदप्रद होती है। इसकी छाया में सैकड़ों, हजारों व्यक्ति एक साथ बैठ सकते हैं।

बरगद के फल और पीपल के फल सदृश छोटे-छोटे होते हैं। साधारणतया ये फल खाए नहीं जाते पर दुर्भिक्ष के समय इसके फलन

पर लोग निर्वाह कर सकते हैं। इसकी लकड़ी कोमल और सरंध्र होती है। अतः केवल जलावन के काम में आती है। इसके पेड़ से सफेद रस निकलता है जिससे एक प्रकार का चिपचिपा पदार्थ तैयार होता है जिसका उपयोग बहेलिए चिड़ियों के फँसाने में करते हैं। इसके रस (आक्षीर), छाल और पत्तों का उपयोग आयुर्वेदीय औषधियों में अनेक रोगों के निवारण में होता है। इसके पत्तों को जानवर, विशेषतः बकरियाँ, बड़ी रुचि से खाती हैं।

वृक्ष पर लाख के कीड़े बैठाए जा सकते हैं जिससे लाख प्राप्त हो सकती है।

आंध्र प्रदेश के रंगारेड्डी जिले के कोठापल्लीटांडा गांव में स्थित हनुमान गौंसाईमर्री वृक्ष के आगे कलकत्ता वाला वृक्ष बौना नजर आता है। यह हैदराबाद से 120 किलोमीटर दूर है और 3 सितंबर 2000, रविवार को इस पुस्तक के लेखक ने ही इस वृक्ष पर आधारित शोध पत्र प्रकाशित कराया। बाद में वन विभाग ने इस वृक्ष का भूमि समेट अधिग्रहण किया और इसका संरक्षण किया गया। आंध्र प्रदेश के महबूबनगर का पिल्लरमर्री वट वृक्ष भी काफी विशाल है और एक चर्चित पर्यटन स्थल भी है।

बरगद का धार्मिक महत्व

बच्चो, बरगद धार्मिक दृष्टि से अत्यंत पावन वृक्ष माना जाता है। भारत में बरगद के वृक्ष को एक महत्त्वपूर्ण स्थान प्राप्त है। इस वृक्ष को 'वट' के नाम से भी जाना जाता है। यह एक सदाबहार पेड़ है, जो अपने प्ररोहों के लिए विश्वविख्यात है। इसकी जड़ें जमीन में क्षैतिज रूप में दूर-दूर तक फैलकर पसर जाती है। इसके पत्तों से दूध जैसा पदार्थ निकलता है।

यह पेड़ त्रिमूर्ति का प्रतीक है। इसकी छाल में विष्णु, जड़ों में ब्रह्मा और शाखाओं में शिव विराजते हैं। अग्निपुराण के अनुसार बरगद उत्सर्जन को दर्शाता है। इसीलिए संतान के लिए इच्छित लोग इसकी पूजा करते हैं। इस कारण से बरगद काटा नहीं जाता है। अकाल में इसके पत्ते जानवरों को खिलाए जाते हैं। अपनी विशेषताओं और लंबे जीवन के कारण इस वृक्ष को अनश्वर माना जाता है। इसीलिए इस वृक्ष को अक्षयवट भी कहा जाता है। लोक मान्यता है कि बरगद के एक पेड़ को काटे जाने पर प्रायश्चित के तौर पर दस वृक्ष लगाने पड़ते हैं।

वामनपुराण में वनस्पतियों की व्युत्पत्ति को लेकर एक कथा भी आती

है। आश्विन मास में विष्णु की नाभि से जब कमल प्रकट हुआ, तब अन्य देवों से भी विभिन्न वृक्ष उत्पन्न हुए। उसी समय यक्षों के राजा मणिभद्र से वट का वृक्ष उत्पन्न हुआ।

यक्षाणामधिस्यापि मणिभद्रस्य नारद।
वटवृक्षः समभव तस्मिस्तस्य रतिः सदा॥

यक्ष से निकट सम्बन्ध के कारण ही वट वृक्ष को 'यक्षवास', 'यक्षतरु', 'यक्षवारूक' आदि नामों से भी पुकारा जाता है। पुराणों में ऐसी अनेक प्रतीकात्मक कथाएँ, प्रकृति, वनस्पति व देवताओं को लेकर मिलती हैं। जिस प्रकार अश्वत्थ अर्थात् पीपल को विष्णु का प्रतीक कहा गया, उसी प्रकार इस जटाधारी वट वृक्ष को साक्षात् जटाधारी पशुपति शंकर का रूप मान लिया गया है। स्कन्दपुराण में कहा गया है :

अश्वत्थरूपी विष्णुः स्याद्वरूपी शिवो यतः

अर्थात् पीपलरूपी विष्णु व जटारूपी शिव हैं।

हरिवंश पुराण में एक विशाल वृक्ष का वर्णन आता है, जिसका नाम 'भंडीरवट' था और उसकी भव्यता से मुग्ध हो स्वयं भगवान ने उसकी छाया में विश्राम किया।

न्यग्रोधर्वताग्रामं भाण्डीरंनाम नामतः।
दृष्ट्वा तत्र मतिं चक्रे निवासाय ततः प्रभुः॥

'सुभद्रवट' नाम से एक और वट वृक्ष का भी वर्णन मिलता है, जिसकी डाली गरुड़ ने तोड़ दी थी। रामायण के अक्षयवट की कथा तो लोक प्रचलित है ही। परन्तु वाल्मीकि रामायण में इसे 'श्यामन्यग्रोध'

कहा गया है। यमुना के तट पर वह वट अत्यन्त विशाल था। उसकी छाया इतनी ठण्डी थी कि अनेक पशु-पक्षी यहां रहते थे। श्याम शब्द कदांचित वृक्ष की विशाल छाया के नीचे के घने अथाह अंधकार की ओर संकेत करता है और गहरे रंग की पत्रावलि की ओर। रामायण के परावर्ति साहित्य में इसका अक्षयवट के नाम से उल्लेख मिलता है। राम, लक्ष्मण और सीता अपने वन प्रवास के समय जब यमुना पार कर दूसरे तट पर उतरते हैं, तो तट पर स्थित इस विशाल वट वृक्ष को सीता प्रणाम करती हैं।

बरगद का वृक्ष दीर्घ जीवी होता है। प्रमाण है की यह हजारों हजार वर्ष तक सर उठाए खड़ा रहता है और शीतलता के साथ-साथ अन्य बहुत कुछ जीवों को प्रदान करता रहता है। हिन्दू धर्म के अनुसार बरगद के पत्ते भगवन श्री कृष्ण के आरामगाह के रूप में भी माना जाता है और श्री कृष्ण से बड़े गुरु कौन हो सकते हैं? "भगवद गीता" में श्री कृष्ण कहते हैं कि वह वट वृक्ष जिसका जर ऊपर के तरफ और शाखाएँ नीचे तथा पत्ते वेदों की उक्तियाँ हैं, इस वृक्ष को जो जानता है वो वेद को जानता है, जो वेद को जानता है वह बुद्धिमान है और बुद्धिमान शिक्षक है। वट वृक्ष हमें भौतिक संसार का ज्ञान दिलाता है।

अगर हम किसी नदी, पोखरा या ताल के किनारे खड़े हो कर वृक्ष की छाया को जल में देखें तो हमें शाखाएँ नीचे और जर वाला भाग ऊपर के तरफ दिखाई देगा ठीक उसी तरह जैसे आध्यात्मिक संसार का छाया भौतिक संसार है। भौतिक संसार वास्तविकता का छाया होता है। छाया का अपना कोई अस्तित्व नहीं होता, लेकिन छाया से यह समझा जा सकता है कि कहीं अस्तित्व से पूर्ण कुछ

है जिसकी यह छाया है। इस तरह का दार्शनिक ज्ञान वट वृक्ष देता है। बरगद के वृक्ष के तले सिद्धार्थ को ज्ञान प्राप्त हुआ था। पुराने समय में बरगद के पेड़ गुरुकुलों की शोभा होते थे। आज हम इसी बरगद को राष्ट्रीय वृक्ष के नाम से जानते हैं और धार्मिक दृष्टि से इसे काटना जहां पाप माना जाता है, वहीं संवैधानिक दृष्टि से इसे काटा जाना दण्डनीय अपराध है।

अक्षय वट और वट सावित्री : इलाहाबाद स्थित अकबर के किले में एक ऐसा वट है, जो कभी यमुना नदी के किनारे हुआ करता था और जिस पर चढ़कर लोग मोक्ष की कामना से नदी में छलांग लगा देते थे। इस अंधविश्वास ने अनगिनत लोगों की जान ली है। शायद यही कारण है कि अतीत में इसे नष्ट किए जाने के अनेक प्रयास हुए हालांकि यह आज भी हरा-भरा है।

यह ऐतिहासिक वृक्ष किले के जिस हिस्से में आज भी स्थित है और वहाँ आमजन नहीं जा सकते। यूं तो अक्षयवट का जिक्र पुराणों में भी हुआ है पर वह वृक्ष अकबर के किले में स्थित वही वृक्ष है कि नहीं, यह कहना आसान नहीं। हिन्दुओं के अलावा जैन और बौद्ध भी इसे पवित्र मानते हैं। यात्रियों को पातालपुरी मंदिर, अक्षय वट और अशोका वृक्ष देखने के लिए अनुमति लेनी पड़ती है।

हिंदू धर्म के प्रमुख चार बरगद के वृक्षों में से एक अक्षय वट है। प्रयाग (इलाहाबाद) में अक्षयवट, मथुरा-वृंदावन में वंशीवट, गया में गयावट जिसे बौद्धवट भी कहा जाता है और उज्जैन में पवित्र सिद्ध वट है। पातालपुरी मंदिर के भीतर स्थित इस अक्षय वट को अमर वृक्ष भी कहते हैं।

पुराणों में वर्णन आता है कि कल्पांत या प्रलय में जब समस्त

पृथ्वी जल में डूब जाती है उस समय भी वट का एक वृक्ष बच जाता है। अक्षय वट कहलाने वाले इस वृक्ष के एक पत्ते पर ईश्वर बालरूप में विद्यमान रहकर सृष्टि के अनादि रहस्य का अवलोकन करते हैं। अक्षय वट के संदर्भ कालिदास के रघुवंश तथा चीनी यात्री ह्वेन त्सांग के यात्रा विवरणों में मिलते हैं।

अक्षय वट प्रयाग में त्रिवेणी के तट पर आज के वैज्ञानिक युग में लोगों की श्रद्धा और विश्वास का केंद्र है। कहा जाता है बुद्ध ने कैलाश पर्वत के निकट प्रयाग के अक्षय वट का एक बीज बोया था। जैनों का मानना है कि उनके तीर्थंकर ऋषभदेव ने अक्षय वट के नीचे तपस्या की थी। प्रयाग में इस स्थान को ऋषभदेव तपस्थली (या तपोवन) के नाम से जाना जाता है।

वाराणसी और गया में भी ऐसे वट वृक्ष हैं, जिन्हें अक्षय वट मान कर पूजा जाता है। ज्येष्ठ कृष्ण अमावस्या तिथि के दिन वट वृक्ष की पूजा का विधान है। शास्त्रों में कहा गया है कि इस दिन वट वृक्ष की पूजा से सौभाग्य एवं स्थायी धन और सुख-शांति की प्राप्ति होती है। संयोग की बात है कि इसी दिन शनि महाराज का जन्म हुआ और सावित्री ने यमराज से अपने पति सत्यवान के प्राणों की रक्षा की।

सावित्री और सत्यवान की कथा से वट वृक्ष का महत्व लोगों को ज्ञात हुआ, क्योंकि इसी वृक्ष ने सत्यवान को अपनी शाखाओं और शिराओं से घेरकर जंगली पशुओं से उनकी रक्षा की थी। इसी दिन से ज्येष्ठ कृष्ण अमावस्या के दिन वट की पूजा का नियम शुरू हुआ। वट सावित्री के दिन महिलाएँ अपने पति की लंबी आयु के लिए वट वृक्ष की पूजा करती हैं। इस दिन वट वृक्ष में ब्रह्मा, विष्णु

और शिव के अलावा सावित्री और यमराज का वास होता है। इस दिन वट की पूजा करने से जीवन पर आने वाले संकट दूर होते हैं और स्थायी धन एवं सुख शांति की प्राप्त होती है।

ज्योतिष शास्त्र के अनुसार पीपल की पूजा से शनि का प्रकोप दूर होता है। पीपल के समान ही वट वृक्ष का भी धार्मिक महत्व है। इसलिए वट सावित्री के दिन वट वृक्ष की भी पूजा कर सकते हैं। यदि किसी दिन शनिवार को वट वृक्ष की पूजा करनी हो तो शनि देव की कृपा पाने के लिए चाहें तो वट वृक्ष की जड़ों को दूध और जल से सींचें इससे त्रिदेव प्रसन्न होंगे और शनि का प्रकोप कम होगा तथा धन और मोक्ष की चाहत पूरी होगी। वट वृक्ष की पूजा इस दिन आमतौर पर केवल महिलाएँ करती हैं, जबकि पुरुषों को भी इस दिन वट वृक्ष की पूजा करनी चाहिए। इसकी पूजा से वंश की वृद्धि होती है।

शास्त्रों में वट वृक्ष को पीपल के समान ही महत्व दिया गया है। पुराणों में यह स्पष्ट लिखा है कि वट वृक्ष की जड़ों में ब्रह्मा जी, तने में विष्णु और डालियों एवं पत्तों में शिव का वास है। इसके नीचे बैठकर पूजन, व्रत कथा कहने और सुनने से मनोकामना पूरी होती है। प्रलय काल में भगवान श्री कृष्ण ने वट वृक्ष के पत्तों पर मार्कण्डेय ऋषि को दर्शन दिए थे।

भारतीय संस्कृति में यह व्रत आदर्श नारीत्व का प्रतीक बन चुका है। इस व्रत की तिथि को लेकर भिन्न मत हैं। स्कंद पुराण तथा भविष्योत्तर पुराण के अनुसार ज्येष्ठ मास के शुक्ल पक्ष की पूर्णिमा को यह व्रत करने का विधान है, वहीं निर्णयामृत आदि के अनुसार ज्येष्ठ मास की अमावस्या को व्रत करने की बात कही गई है।

तिथियों में भिन्नता होते हुए भी व्रत का उद्देश्य एक ही है : सौभाग्य की वृद्धि और पतिव्रत के संस्कारों को आत्मसात् करना। कई व्रत विशेषज्ञ यह व्रत ज्येष्ठ मास की त्रयोदशी से अमावस्या तक तीन दिनों तक करने में भरोसा रखते हैं। इसी तरह शुक्ल पक्ष की त्रयोदशी से पूर्णिमा तक भी यह व्रत किया जाता है। विष्णु उपासक इस व्रत को पूर्णिमा को करना ज्यादा हितकर मानते हैं।

ऐसी मान्यता है कि ज्येष्ठ अमावस्या के दिन वट वृक्ष की परिक्रमा करने पर ब्रह्मा, विष्णु और महेश सुहागिनों को सदा सौभाग्यवती रहने का वरदान देते हैं। गाँवों-शहरों में हर कहीं जहाँ वट वृक्ष हैं, वहाँ सुहागिनों का समूह परंपरागत विश्वास से पूजा करता दिखाई देगा। अपने सुहाग की लंबी उम्र की कामना के लिए वट सावित्री अमावस्या पर सुहागिनें वट सावित्री पूजा करती हैं। कई स्थानों पर वट वृक्ष के तले सुहागिनों का तांता नजर आएगा। सुहाग की कुशलता की कामना के साथ सुहागिनों ने परंपरागत तरीके से वट वृक्ष की पूजा कर व्रत रखेंगी। उनके द्वारा 24 पूड़ी, 24 पकवान और इतने ही प्रकार के फल व अनाज भी चढ़ाए जाएँगे। उसके बाद वट वृक्ष को धागा लपेटकर पूजा करके पति की लंबी उम्र की कामना की जाएगी।

इस दिन सुहागिन महिलाएँ वट के पेड़ की पूजा-अर्चना कर अखंड सुहाग का वर मांगेगी। पूजा के लिए घर से सज-धज के निकलीं वट वृक्ष के नीचे कतारबद्ध रूप में पूजन करते दिखाई देंगी।

कई जगहों पर वट की पूजा के लिए महिलाएँ घरों से ही गुलगुले, पूड़ी, खीर व हलुआ के साथ सुहाग का सामान लेकर पहुँचेंगी। कहीं-कहीं जल, पंचामृत भी लेकर जाएँगी, जहाँ वे वट के पेड़ के

3 या 5 फेरे लगाकर कच्चे धागे को पेड़ पर लपेटकर वस्त्र सहित चंदन, अक्षत, हल्दी, रोली, फूलमाला, चूड़ी, बिंदी, मेहंदी इन्हें पहना कर पति की लंबी उम्र के लिए वट से आशीर्वाद प्राप्त करेंगी। पुरुष भी वट वृक्ष की पूजा करते हैं।

वट सावित्री व्रत में 'वट' और 'सावित्री' दोनों का विशिष्ट महत्व माना गया है। पीपल की तरह वट या बरगद के पेड़ का भी विशेष

महत्व है। पाराशर मुनि के अनुसार – वट मूले तोपवासा ऐसा कहा गया है। पुराणों में यह स्पष्ट किया गया है कि वट में ब्रह्मा, विष्णु व महेश तीनों का वास है। इसके नीचे बैठकर पूजन, व्रत कथा आदि सुनने से मनोकामना पूरी होती है। वट वृक्ष अपनी विशालता के लिए भी प्रसिद्ध है। संभव है वनगमन में ज्येष्ठ मास की तपती धूप से रक्षा के लिए भी वट के नीचे पूजा की जाती रही हो और बाद में यह धार्मिक परंपरा के रूप में विकसित हो गई हो।

दार्शनिक दृष्टि से देखें तो वट वृक्ष दीर्घायु व अमरत्व-बोध के प्रतीक के नाते भी स्वीकार किया जाता है। वट वृक्ष ज्ञान व निर्वाण का भी प्रतीक है। भगवान बुद्ध को इसी वृक्ष के नीचे ज्ञान प्राप्त हुआ था। इसलिए वट वृक्ष को पति की दीर्घायु के लिए पूजना इस व्रत का अंग बना। महिलाएँ व्रत-पूजन कर कथा कर्म के साथ-साथ वट वृक्ष के आसपास सूत के धागे परिक्रमा के दौरान लपेटती हैं।

वट वृक्ष का पूजन और सावित्री-सत्यवान की कथा का स्मरण करने के विधान के कारण ही यह व्रत वट सावित्री के नाम से प्रसिद्ध हुआ। सावित्री भारतीय संस्कृति में ऐतिहासिक चरित्र माना जाता है। सावित्री का अर्थ वेद माता गायत्री और सरस्वती भी होता है। सावित्री का जन्म भी विशिष्ट परिस्थितियों में हुआ था। कहते हैं कि भद्र देश के राजा अश्वपति के कोई संतान न थी।

उन्होंने संतान की प्राप्ति के लिए मंत्रोच्चारण के साथ प्रतिदिन एक लाख आहुतियाँ दीं। अठारह वर्षों तक यह क्रम जारी रहा। इसके बाद सावित्री देवी ने प्रकट होकर वर दिया कि 'राजन तुझे एक तेजस्वी कन्या पैदा होगी।' सावित्री देवी की कृपा से जन्म लेने की वजह से कन्या का नाम सावित्री रखा गया।

सावित्री प्रसिद्ध तत्त्वज्ञानी राजर्षि अश्वपति की एकमात्र कन्या थी। अपने वर की खोज में जाते समय उसने निर्वासित और वनवासी राजा द्युमत्सेन के पुत्र सत्यवान् को पतिरूप में स्वीकार कर लिया। जब देवर्षि नारद ने उनसे कहा कि सत्यवान् की आयु केवल एक वर्ष ही शेष है तो सावित्री ने बड़ी दृढ़ता के साथ कहा, 'जो कुछ होना था सो तो हो चुका।' माता-पिता ने भी बहुत समझाया, परन्तु सती अपने धर्म से नहीं डिगी। सावित्री का सत्यवान् के साथ विवाह हो गया। सत्यवान् बड़े धर्मात्मा, माता-पिता के भक्त एवं सुशील थे। सावित्री राजमहल छोड़कर जंगल की कुटिया में आ गई। आते ही उसने सारे वस्त्र भूषणों को त्यागकर सास-ससुर और पति जैसे वल्कल के वस्त्र पहनते थे वैसे ही पहन लिए और अपना सारा समय अपने अन्धे सास-ससुर की सेवा में बिताने लगी। सत्यवान् की मृत्यु का दिन निकट आ पहुँचा।

सत्यवान् जंगल में लकड़ियाँ काटने जाया करते थे। आज सत्यवान् के महाप्रयाण का दिन है। सावित्री चिन्तित हो रही है। सत्यवान् कुल्हाड़ी उठाकर जंगल की तरफ लकड़ियाँ काटने चले। सावित्री ने भी साथ चलने के लिए अत्यन्त आग्रह किया। सत्यवान् की स्वीकृति पाकर और सास-ससुर से आज्ञा लेकर सावित्री भी पति के साथ वन में गई। सत्यवान लकड़ियाँ काटने वृक्ष पर चढ़े, परन्तु तुरंत ही उन्हें चक्कर आने लगा और वे कुल्हाड़ी फेंककर नीचे उतर आए। पति का सिर अपनी गोद में रखकर सावित्री उन्हें अपने आंचल से हवा करने लगी।

थोड़ी देर में ही उसने भैंसे पर चढ़े हुए, काले रंग के सुन्दर अंगों वाले, हाथ में फाँसी की डोरी लिए हुए, सूर्य के समान तेजवाले एक भयंकर देव-पुरुष को देखा। उसने सत्यवान् के शरीर से फाँसी की

डोरी में बँधे हुए अँगूठे के बराबर पुरुष को बलपूर्वक खींच लिया। सावित्री ने अत्यन्त व्याकुल होकर आर्त स्वर में पूछा, 'हे देव! आप कौन हैं और मेरे इन हृदयधन को कहाँ ले जा रहे हैं?'

उस पुरुष ने उत्तर दिया, 'हे तपस्विनी! तुम पतिव्रता हो, अतः मैं तुम्हें बताता हूँ कि मैं यम हूँ और आज तुम्हारे पति सत्यवान् की आयु क्षीण हो गई है, अतः मैं उसे बाँधकर ले जा रहा हूँ। तुम्हारे सतीत्व के तेज के सामने मेरे दूत नहीं आ सके, इसलिए मैं स्वयं आया हूँ।' यह कहकर यमराज दक्षिण दिशा की तरफ चल पड़े।

सावित्री भी यम के पीछे-पीछे जाने लगी। यम ने बहुत मना किया। सावित्री ने कहा, 'जहाँ मेरे पतिदेव जाते हैं, वहाँ मुझे जाना ही चाहिए। यह सनातन धर्म है।' यम बार-बार मना करते रहे, परन्तु सावित्री पीछे-पीछे चलती गई।

उसकी इस दृढ़निष्ठा और पतिव्रतधर्म से प्रसन्न होकर यम ने एक-एक करके वर रूप में सावित्री के अन्धे सास-ससुर को आँखें दीं, खोया हुआ राज्य दिया, उसके पिता को सौ पुत्र दिए और सावित्री को लौट जाने को कहा। परन्तु सावित्री के प्राण तो यमराज लिए जा रहे थे, वह लौटती कैसे? यमराज ने फिर कहा कि सत्यवान् को छोड़कर चाहे जो माँग लो, सावित्री ने कहा, 'यदि आप प्रसन्न हैं तो मुझे सत्यवान् से सौ पुत्र प्रदान करें।' यम ने बिना ही सोचे प्रसन्न मन से तथास्तु कह दिया। वचनबद्ध यमराज आगे बढ़े। सावित्री ने कहा, 'मेरे पति को आप लिए जा रहे हैं और मुझे सौ पुत्रों का वर दिए जा रहे हैं। यह कैसे सम्भव है? मैं पति के बिना सुख, स्वर्ग और लक्ष्मी, किसी की भी कामना नहीं करती। बिना पति मैं जीना भी नहीं चाहती।'

वचनबद्ध यमराज ने सत्यवान् के सूक्ष्म शरीर को पाशमुक्त करके सावित्री को लौटा दिया और सत्यवान् को चार सौ वर्ष की नवीन आयु प्रदान की। यमराज ने वर रूप में अंधे सास-ससुर की सेवा में आंखें दीं और सावित्री को सौ पुत्र होने का आशीर्वाद दिया और सत्यवान् को छोड़ दिया।

वट पूजा से जुड़ी धार्मिक मान्यता के अनुसार ही तभी से महिलाएँ इस दिन को वट अमावस्या के रूप में पूजती हैं।

आयुर्वेद में बरगद का स्थान

बरगद का आयुर्वेद की दृष्टि से महत्व बहुत बड़ा है। कहते हैं कि बरगद के बिना आयुर्वेद की कल्पना भी नहीं की जा सकती। बरगद के पेड़ के कई स्वास्थ्यकारी लाभ हैं। इसके बिना आयुर्वेद अधूरा चिकित्सा शास्त्र ही माना जाएगा, यहाँ हम इसके कुछ औषधीय उपचार के बारे में बात करेंगे, जो इस प्रकार है :

1. बरगद की जड़ों के सिरों को काटकर और पीसकर चेहरे पर लगाने से झुर्रियाँ दूर होती हैं।
2. बरगद की पत्तियों को सुखाकर और पीसकर चूर्ण बना लें, इस चूर्ण की लगभग 2 ग्राम मात्रा रोजाना एक बार शहद के साथ लेने से याददाश्त बेहतर होती है।
3. लगभग 10 ग्राम बरगद की छाल, कत्था और 2 ग्राम काली मिर्च को बारीक पीसकर पाउडर बना लें और इससे मंजन करने से दाँतों का हिलना, सड़न और बदबू दूर होती है। रोजाना दो बार इस चूर्ण से मंजन कर सकते हैं।
4. पेशाब में जलन होने पर बरगद की जड़ों (10 ग्राम) का बारीक चूर्ण, जीरा और इलायची (2 ग्राम) का चूर्ण एक साथ गाय के ताजे दूध के साथ मिलाकर लें।

5. बरगद की जड़ों में एंटीऑक्सीडेंट सबसे ज्यादा पाए जाते हैं। इसके इसी गुण के कारण वृद्धावस्था की ओर ले जाने वाले कारकों को दूर भगाया जा सकता है।

6. पैरों की फटी पड़ी एड़ियों पर बरगद का दूध लगाया जाए तो कुछ ही दिनों में फटी एड़ियाँ सामान्य हो जाती हैं और तालु नरम पड़ जाते हैं।

7. बरगद के ताजे पत्तों को गर्म करके घावों पर लेप किया जाए तो घाव जल्द सूख जाते हैं। कई इलाकों में आदिवासी ज्यादा गहरा घाव होने पर ताजी पत्तियों को गर्म करके थोड़ा ठंड़ा होने पर इन पत्तियों को लगाते हैं, जिनसे घाव में भर देते हैं।

8. बवासीर, वीर्य का पतलापन, शीघ्रपतन, प्रमेह स्वप्नदोष आदि रोगों में बड़ का दूध अत्यंत लाभकारी है। प्रातः सूर्योदय के पूर्व वायुसेवन के लिए जाते समय 2-3 बताशे साथ में ले जाएँ। बड़ की कली को तोड़कर एक-एक बताशे में बड़ के दूध की 4-5 बूंद टपकाकर खा जाएँ। धीरे-धीरे बड़ के दूध की मात्रा बढ़ाते जाएँ। 10 दिन के बाद मात्रा कम करते-करते चालीस दिन यह प्रयोग करें।

9. कमजोरी के शिकार रोगियों को धैर्य के साथ लगातार ऊपर बताई विधि के अनुसार इसका सेवन करना चाहिए।

10. बड़ की छाल का काढ़ा बनाकर प्रतिदिन एक कप मात्रा में पीने से मधुमेह (डायबिटीज) में फायदा होता है व शरीर में बल बढ़ता है।

11. उसके कोमल पत्तों को छाया में सुखाकर कूट कर पीस लें।

आधा लीटर पानी में एक चम्मच चूर्ण डालकर काढ़ा करें। जब चौथाई पानी शेष बचे तब उतारकर छान लें और पीसी मिश्री मिलाकर गुनगुना करके पिएँ। यह प्रयोग दिमागी शक्ति बढ़ाता है व नजला-जुकाम ठीक करता है।

12. इसकी जड़ें मिट्टी को पकड़ के रखती है और पत्तियाँ हवा को शुद्ध करती है, यह कफ पित्त नाशक, रक्त शोधक, गर्भाशय शोधक और शोथहर है।

13. इसके दूध की कुछ बुंदे सरसों के तेल में मिलाकर कान में डालने से कान की फुंसी नष्ट हो जाती है।

14. इसके पत्तों की राख को अलसी के तेल में मिलाकर लगाने से सर के बाल उग आते हैं। इसके कोमल पत्तों को तेल में पकाकर लगाने से सभी केश के विकार दूर होते हैं।

15. इसके दूध की 2-2 बूँद आँख में डालने से आँख का जाला कटता है

16. पत्तों पर घी लगा कर बाँधने से सूजन दूर हो जाती है।

17. जले हुए स्थान पर इसके कोमल पत्तों को पीसकर दही में मिलाकर लगाने से शान्ति प्राप्त होती है।

18. वट का दूध लगाने से यदि गाँठ पकने वाली नहीं है, तो बैठ जाती है और यदि फूटने वाली है तो शीघ्र पक कर फूट जाती है। यही दूध लगाते रहने से गाँठ का घाव भी भर जाता है।

19. यदि घाव ऐसा हो जिसमे टाँके लगाने की जरूरत हो तो घाव का मुख मिलाकर वट वृक्ष के पत्ते को गरम कर घाव के ऊपर रख कर कस के पट्टी बाँध दे 3 दिन में घाव भर जाएगा। 3

दिन तक पट्टी खोले नहीं। इसके पत्तों की भस्म में मोम और घी मिला कर मरहम बनता है, जो घावों में लगाने से शीघ्र लाभ होता है।

20. इसके फल बलवर्धक होते हैं।

21. पुष्य नक्षत्र और शुक्ल पक्ष में लाए हुए कोमल पत्तों के चूर्ण का सेवन प्रातः करने से स्त्री अवश्य गर्भ धारण करती है।

22. इसके दूध को नाभि में लगाने से अतिसार(डायरिया) में लाभ होता है।

23. जटा का चूर्ण लस्सी के साथ पीने से नकसीर में लाभ होता है।

24. इसके दूध का लेप गंडमाल पर किया जाता है।

25. इसके और कई प्रयोग हैं, जो अन्य गंभीर रोगों में लाभ देते हैं पर कुशल वैद्य की देखरेख में, उनकी सलाह से करने चाहिए।

उद्योग-धंधे और बरगद

आयुर्वेद की तरह उद्योग-धंधों में भी बरगद का स्थान बहुत ही महत्वपूर्ण है और कई उद्यम तो इस पर ही आधारित हैं। बरगद का प्रयोग चपड़े के उत्पादन के लिए किया जाता है, जो फ्रेंच पॉलिश का अवयव होता है। चपड़े को एक रेजिनयुक्त स्राव से प्राप्त किया जाता है जिसे लाख कहते हैं, उसे वृक्ष पर रहने वाले अनेक कीड़े उत्पादित करते हैं, उनमें व्यावसायिक दृष्टि से सर्वाधिक महत्त्वपूर्ण है, लाख उत्पादित करने वाला कीड़ा। चपड़े के कई औद्योगिक उपयोग होते हैं और यह बालों के रोगन का एक अवयव होता है। लाख निर्मित रंजक का उपयोग त्वचा के प्रसाधन में किया जाता है। पारंपरिक औषधियों में भी बरगद का कई प्रकार से उपयोग होता है। उदाहरण के तौर पर उसके रसीले दूध का उपयोग दर्द और खरोंचों के उपचार में बाह्य रूप से किया जाता है और यह दाँतों के दर्द की दवा भी है। इसके बावजूद, वैज्ञानिकों ने इससे पौधों की जाँच-पड़ताल अभी शुरू ही की है, उदाहरण के तौर पर इससे ल्युकोसाइनाइड्स प्राप्त किए गए हैं, जिनमें डायबिटीज के उपचार करने की शक्ति संभावित है।

बरगद की लकड़ी कठोर होती है और पानी में टिकाऊ होती है। हालाँकि इसे बहुत काम का नहीं माना जाता, फिर भी इसका उपयोग फर्निचरों और भवन-निर्माण के लिए किया जाता है। इसकी वायवीय जड़ों की लकड़ी अपेक्षाकृत अधिक मजबूत होती है और इनका उपयोग खंभों के तौर पर और बैलगाड़ी के जुएं के रूप में किया जाता है। इसके छाल के रेशों का उपयोग कागज और रस्सियों के निर्माण के लिए किया जाता है। बरगद के फल को ताजा अवस्था में या सुखाकर खाया जा सकता है और अकाल की अवस्था में इसकी नवजात पत्तियों और शाखाओं को भी खाया जाता है।

बरगद की खेती

बच्चों, जानते हो बरगद की खेती भी होती है। आजकल कलम और अन्य कई प्रकार की तकनीक से विशाल वृक्षों को भी छोटे-छोटे रूपों में उगा सकते हैं। जी हां वे बड़े नहीं होंगे और जैसे बोनों की कहानियाँ तुमने सुनी होंगी ना वैसे ही बड़े-बड़े वृक्ष बोने बनाकर उनकी खेती करने का प्रचलन चल पड़ा है, यहाँ तक कि घर के गमलों में लगाने की परम्परा भी। है ना कमाल की बात।

बरगद की बात ही लें, इसकी भी वैज्ञानिकों ने एक अत्यंत बोनी किस्म विकसित कर दी है। तभी तो यह यूनाइटेड किंगडम में भवनों के अंदर उगाया जाता है, लेकिन उष्ण कटिबंधीय देशों में ये सड़कों के किनारे आम तौर पर पाए जाने वाले वृक्ष हैं। अच्छी तरह सुखाई गई, जैविक कंपोस्ट और रासायनिक खाद का संतुलित एन पी के खाद के साथ नियमित खुराक के रूप में प्रयोग करें।

इसका परागण कीटों की एक इकलौती प्रजाति द्वारा किया जाता है, जो यूनाइटेड किंगडम में नहीं पाई जाती। अतः उष्ण कटिबंधीय क्षेत्र के अलावा इसका जीवित रहने योग्य बीज अन्यत्र कहीं भी उत्पादित नहीं हो पाता।

प्रकाश में चोटी पर की गई अथवा इंटर-नोडल कटिंग के माध्यम से प्रसारण, उच्च ताप पर मुक्त निकासी वाली कंपोस्ट और नमीयुक्त पर्यावरण। पौधों के काटे जाने पर यह वानस्पतिक दूध स्रावित करता है। स्राव रोकने के लिए काटे गए हिस्से को कठ-कोयले के पाउडर में डालें। इसका प्रसारण 12 घंटे तक गर्म पानी में भिगोए गए बीजों के जरिए भी किया जा सकता है।

बरगद का संरक्षण

भारत में बरगद के अनेक प्राचीन पेड़ हैं, जिनके संरक्षण की जरूरत है। वैसे एक ओर जहाँ संरक्षण किया जा रहा है, वहीं यदा-कदा बरगद के पेड़ काटने के समाचार भी आते रहते हैं।

2014 की बात करें तो ओडिशा के केंद्रपाडा जिले के सखीबाता में बीते हुए समय का गवाह रहे 500 साल पुराने एक बरगद के पेड़ को पर्यटन स्थल का दर्जा प्रदान किया गया है। जिला पर्यटन अधिकारी विजय कुमार मोहंती के अनुसार, यह विशाल पेड़ अपनी 600 डालियों के साथ 1.3 एकड़ जमीन पर फैला हुआ है। इस क्षेत्र में पूरे वर्ष आने वाले पर्यटकों की संख्या को देखते हुए राज्य सरकार ने इसे पर्यटन स्थल का दर्जा दे दिया है।

मोहंती ने इस लेखक को बताया कि पर्यटन स्थल के बुनियादी ढांचे के निर्माण के लिए पैसे की स्वीकृति दे दी गई है। इस पर्यटन स्थल पर आसानी से आने-जाने की सुविधा मुहैया कराने के मद्देनजर अच्छी सड़क के निर्माण के लिए एक परियोजना की अनुमति दी गई है। इसके अलावा पर्यटकों के रुकने के लिए एक छोटा बंगला भी बनाया जाएगा।

बरगद का यह पेड़ 1999 में आए चक्रवात को झेलकर भी अपने स्थान पर बना हुआ है। 200 साल पुराना एक मंदिर भी इस जगह पर अभी तक मौजूद है।

यह बरगद के संरक्षण का एक अच्छा समाचार है, लेकिन अब हम बताते हैं कि राष्ट्रीय वृक्ष किस प्रकार काटे भी जाते हैं।

शोहरतगढ़ भारत का ही एक गाँव है, वहाँ स्थानीय नगर पंचायत के वार्ड नंबर सात सुभाष नगर में झब्बर साहू के घर के सामने शोहरतगढ़-खुनुवा जाने वाली सड़क के बाएँ तरफ लगे एक सौ बीस साल पुराने बरगद के पेड़ को नाला निर्माण के दौरान बीच में आने के कारण काट दिया गया। इससे स्थानीय लोगों में रोष था, लेकिन यह बात मीडिया में आई और राष्ट्रीय स्तर पर चर्चा का विषय बनी।

नगर के पीडब्ल्यूडी सड़क पर कस्बे के लोगों के अतिक्रमण को न हटाकर नाला टेढ़ा करके बनवाया जा रहा था। नाले को सीधा करने के नाम पर अतिक्रमण की जगह इस पुराने बरगद को नगर पंचायत प्रशासन ने रास्ते से हटा दिया।

कस्बे के पर्यावरण प्रेमियों में नगर पंचायत की इस कार्यवाही से रोष है। कस्बे के बाबा राम उजागिर तिवारी ने कहा कि एक तरफ पूरा विश्व पर्यावरण के संकट से निजात पाने के लिए पौधरोपण करवा कर आने वाले भविष्य के खतरे से निपटने का इंतजाम कर रहा है, वहीं नगर पंचायत प्रशासन ने पुराने बरगद को काटकर इसके उलट काम किया है। इस मामले में तहसील प्रशासन को कड़ी कार्रवाई करनी चाहिए।

इस संबंध में नगर पंचायत अध्यक्ष बबिता कसौधन का कहना है कि हरा पेड़ काटना और कटवाना कानूनन जुर्म है। कस्बे के अंदर हरे बरगद के पेड़ के कटने की सूचना मुझे नहीं है, लेकिन अगर ऐसा हुआ है तो जांच कराकर जिम्मेदारों पर कार्रवाई की जाएगी।

एक तरफ जहाँ प्राचीन विरासत को खत्म करने के षड्यंत्र चलते रहते हैं, वहीं इनके संरक्षण की भी पहल की जाती रही है।

2013 में चेन्नई मेट्रो रेल लिमिटेड ने राज्य की अन्य एजेंसियों के साथ मिलकर 120 वर्ष से अधिक पुराने और विशाल बरगद के पेड़ को सफलतापूर्वक प्रत्यारोपित किया है।

शहर के गवर्नमेंट किलपौक मेडिकल कॉलेज एंड हॉस्पिटल के परिसर में लगा यह वृक्ष हाल में बारिश के दौरान उखाड़ गया था। दरअसल यह पेड़ 1960 में स्थापित इस संस्थान से भी अधिक पुराना है। केएमसीएच के डीन पी. रामकृष्णन का कहना है कि यह पेड़ एक विरासत है और हमारे कॉलेज ने लोगों की जो सेवा की है, यह उसका प्रतीक है।

इस वृक्ष का प्रत्यारोपण सामूहिक प्रयास था और हम खुश हैं कि उसकी जड़ें नए स्थान पर अच्छी तरह स्थापित हो गई हैं। सीएमआरएल ने वृक्ष को प्रत्यारोपित करने के लिए जब मेट्रो रेल के लिए काम करने वाले पर्यावरण विशेषज्ञों से मदद मांगी तो वे सहर्ष तैयार हो गए।

चेन्नई मेट्रो रेल लिमिटेड के जनसंपर्क अधिकारी के एलांतिरैयन का कहना है कि इसके लिए 15 मीटर की परिधि में और पांच मीटर गहरा गड्ढा खोदा गया। दुर्भाग्यवश भारी बारिश के कारण गड्ढे में

पानी भर गया था। दमकल सेवाकर्मियों को बुलाया गया जिन्होंने गड्ढे में से पानी निकालने में मदद की। उन्होंने बताया कि 50 टन की दो हाइड्रॉलिक क्रेनों, एक्सवेटर और एक लोडर की मदद से पेड़ को गड्ढे में प्रत्यारोपित किया गया। इस पूरे काम में 48 घंटे लगे।

एक विख्यात कहानी : बरगद का दर्द

बच्चो, बरगद का दर्द एक कहानी विश्व प्रसिद्ध है, जानते हो इसके लेखक कौन हैं? शायद नहीं जानते तो हम बता देते हैं कि इसके लेखक हैं रवींद्र खरे 'अकेला' जी। तो बच्चों चलो हम तुम्हें संक्षेप में इस कहानी का सारांश भी बता देते हैं –

घर के सामने लगे बूढ़े बरगद के पेड़ को देख वह बेहद खुश होता। घरवाली ताने देती, 'रोज डलवा-डलवा भरके इन पत्तन को फेंकना पड़ता है। मैं तो तंग आ गई बरगद के पेड़ से। मैं तो शुरू से ही कहती आ रही हूँ कि कटवा क्यूँ नहीं देते इस पेड़ को।' वह कुछ न कहता चुपचाप रहता।

आज सुबह से ही तीनों बहुओं में कहा-सुनी के बाद तेज लड़ाई हो गई जिसमें बेटे भी बहुओं के साथ हो गए। छोटा बेटा छगनू तो बँटवारे को लेकर अड़ ही गया कि आज तो इस घर से अलग होकर ही दम लूँगा।

उसने पत्नी द्वारा बरगद के पत्तों वाले डलवे को सबके सामने उडेल दिया जिनमें कुछ हरे पत्ते थे, कुछ पीले, कुछ सूखे, कुछ अध-पीले, कुछ एकदम हरी कोंपल वाले। उसने सभी तरह के पत्तों को करीने

से संवारकर लगाया और छगनू से पूछा – बेटे तू चाहता है अलग घर में बँटवारा करके रहना, मुझे कोई ऐतराज नहीं तू शौक से अलग रह सकता है। घर में तुझे जो सामान अच्छा लगे वह सब ले जा, तेरी मर्जी, मैं मना नहीं करूँगा किंतु एक बात मेरी सुनता जा, ये सारे पत्ते जो तू देख रहा है न, इसी बरगद के पेड़ के हैं न?

'हाँ, तो इसमें क्या नई बात है?'

'देख, इसमें कुछ पत्ते तो एकदम पीले हैं, सूखे हुए जो पेड़ से अलग हो गए, क्योंकि वे अब उनके साथ नहीं रह सकते थे और कुछ अध-पीले हैं जो, पीलों की देखा-देखी अलग हो गए और कुछ एकदम हरे थे उन्हें बरगद का साथ गंवारा नहीं हुआ और वे तीव्र हवा के झोंकों के बहकावे में आकर उनके साथ उड़कर मौज-मस्ती की दृष्टि से चलकर उनके साथ हो लिए, परिणामस्वरूप अब तुम्हारे सामने हैं बिखरे हुए। अब यदि ये सब पत्ते चाहें भी कि दुबारा उसी पेड़ पर टहनी में लगकर शेष जीवन व्यतीत कर लें तब भी संभव नहीं है, इनके लिए दोबारा इसी बरगद के पेड़ में जाकर लगना। मैंने तो बेटे घर में यह बरगद का पौधा इसलिए रोपकर बड़ा किया था कि जब मैं बड़ा हो जाऊँगा और खेत पर हल जोतकर जब शाम को वापिस आऊँगा तो इसी पेड़ की छाँव में बैठकर सुस्ता कर अपनी थकान दूर कर लिया करूँगा, किन्तु तुम चाहते हो कि यह पेड़ ही न रहे तो तुम्हारी मर्जी वैसे तुम्हारी तरह तुम्हारी माँ भी वर्षों से ताने देती आ रही है कि रोज डलवा भर पत्ते भरकर साफ करती हूँ घर को और रोज फैल जाते हैं ढेरों पत्ते इसलिए अब फैसला तुम्हें करना है। यदि तुम समझ सको इस बरगद का दर्द तो ठीक नहीं तो तुम्हारी मर्जी।'

छगनू ने विभिन्न रंगों के पत्तों को देखा सबक ले वह कभी बापू को तो कभी बरगद को देख रहा था, उसे अपनी गलती का अहसास हो गया था। उसने पत्नी को प्यार-सहित समझाकर बरगद वाले घर में ही आजीवन रहने का सकारात्मक निर्णय लिया।

बरगद प्रेमी बहुगुणा की कहानी

सर्वपल्ली डॉ. राधाकृष्णन जी बरगद से बहुत प्रेम करते थे और कहते हैं कि बचपन में वे एक विशाल बरगद के नीचे बैठकर पढ़ा करते थे। इसी प्रकार सुंदरलाल बहुगुणा भी बरगद के बहुत बड़े भक्त रहे हैं। चलो बच्चो, आज हम इन्हीं बरगद प्रेमी सुंदरलाल बहुगुणा के बारे में बताएँगे।

पचास साल पुरानी बात है। एक पिता ने अपने पुत्र से कहा "सुनो बेटा नया मकान बनाने की सोच रहे हैं, सोच रहा हूँ कि तुम्हारे लिए एक नया कमरा बना दूँ। देखो मकान का यह नक्शा और इसमें यहाँ पर तुम्हारा अध्ययन कक्ष होगा।"

"मगर पिताजी?"

"मगर क्या बेटा?"

"जहाँ आपने मेरा अध्ययन कक्ष बनाने के लिए इंगित किया है, वहाँ तो बरगद का पेड़ है।"

"तो क्या हुआ काट देंगे उसको और यह शुभ कार्य भी आज ही कर दिया जाएगा।"

"नहीं पिताजी मुझे नहीं चाहिए अध्ययन कक्ष।"

"क्यों?"

"मुझे तो बरगद के पेड़ के नीचे बैठकर पढ़ना ही अच्छा लगता है, वह मात्र पेड़ नहीं मेरा मित्र भी है। मैं अपने निजी कक्ष के निर्माण के लिए अपने प्यारे वृक्ष की बलि नहीं देने दूँगा।"

और उस बालक ने वह पेड़ नहीं कटने दिया, घर के नक्शे में ही फेरबदल करवा दिया। यह बालक थे सुंदरलाल बहुगुणा, जो बाद में चलकर महान पर्यावरणविद् बने।

आपने किताबों में अकसर पढ़ा होगा, सादा जीवन उच्च विचार! पर क्या हकीकत में आप मुझे कुछ ऐसे लोगों का नाम बता सकते हैं। जो इस वाक्य को चरितार्थ करते हों, शायद आप के लिए ऐसा कोई नाम सुझाना कठिन हो, पर सुंदरलाल बहुगुणा जी से मिलकर मेरा ये विश्वास पक्का हो गया कि किस तरह उच्च विचारों के साथ सादा जीवन जीते हुए सामाजिक हित के कार्यों को किया जा सकता है। जब उनसे मुलाकात हुई, तो मैंने देखा : एक वृद्ध व्यक्ति जिसके सिर के बाल एकदम सफेद हो चुके हैं, चेहरे पर झुर्रियाँ, लेकिन आंखों में अभी भी चमक है।

होठों पर हमेशा मंद-मंद मुस्कान। दिलचस्प बात यह है कि भले ही उम्र बढ़ने के चलते उनके बोलने और सुनने की शक्ति थोड़ी कमजोर हो गई हो, पर पर्यावरण या यूं कहें कि सामाजिक हितों से जुड़े विषयों पर आंदोलन करना उन्होंने आज भी जारी रखा है। कोटी-कालोनी में टिहरी बांध की झील के किनारे ढाई सौ कदमों की चढ़ाई के बाद सुंदर लाल बहुगुणा जी का घर आता है। घर के आगे पद्म और कई अन्य प्रकार के वृक्ष। बरामदे में किताबें फैली हैं।

जब मैंने उनके महान बनने की कहानी उन्हीं के मुख से सुननी चाही तो बहुगुणा जी ने प्रजामंडल आंदोलन के दिनों को याद करते हुए, अपने सामाजिक जीवन के विषय में बताना आंरभ किया। राजशाही के अत्याचारों, स्वयं के जेल जाने, श्रीदेव सुमन के संघर्ष और प्रजामंडल की अंतरिम सरकार के साथ ही भारत संघ में विलीनीकरण की दास्तान वह सिलसिलेवार सुनाते हैं। उन्होंने कहा मुझे यह बताते हुए बेहद खुशी होती है कि आज सुंदरलाल बहुगुणा जो भी हैं उसमें मेरी पत्नी विमला जी का बहुत बड़ा योगदान है। शायद लोग ये नहीं जानते कि मैं राजनीति छोड़ कर सामाजिक कार्य में इनकी प्रेरणा से ही आया।

सुंदरलाल जी मुस्कुराते हुए बोले 1956 में राजनीति छोड़ सामाजिक कार्य करने की शर्त पर विमला से मेरी शादी हुई। यहीं से राजनीतिक कार्यकर्ता समाजसेवी बन गया। मुझे याद है कि शादी के एक साल के अंदर ही मैंने 1957 में अनुसूचित जाति के लोगों को मंदिर में प्रवेश कराया। मंदिर में अनुसूचित लोगों के प्रवेश की बात पर मेरा कड़ा विरोध किया गया, यहाँ तक लोगों ने मुझे शारीरिक नुकसान भी पहुँचाया। लेकिन मेरे कदम पीछे नहीं हटे।

आज भी शराब बंदी पर सरकार तमाम तरह से जागरूकता फैलाने का प्रयास कर रही है। उस समय तो देश नया-नया आजाद हुआ था और आप जानते ही हैं कि मैंने ताउम्र गांधी जी के विचारों का अनुपालन किया है, जिसमें नशामुक्ति भी शामिल है, जिसके चलते मैंने एक लम्बे अर्से तक 1965 से 1971 तक शराबबंदी आंदोलन पर काम किया। बढ़ती जनसंख्या, बढ़ता शहरीकरण धीरे-धीरे जंगलों को खत्म कर रहा था।

लोग पेड़ों या यूं कहें कि पर्यावरण संरक्षण को समझना ही नहीं चाहते थे। आज लोग ग्लोबल वार्मिंग की बातें करते हैं, पर आज भी जंगलों को काटना जारी है। चिपको आंदोलन में हम पेड़ों को घेरकर खड़े हो जाते थे और पेड़ काटने वालों को कहते थे कि पेड़ काटने से पहले हमें काट दो। इसका असर यह हुआ कि पेड़ों की कटाई में कमी आई। लोगों ने पेड़ों की अहमियत को समझने की कोशिश की।

मैंने आठ वर्षों तक साल 1981 तक चिपको आंदोलन में सक्रियता निभाई। पेड़ों के साथ-साथ पहाड़ों की कटाई को रोकना भी उतना ही जरूरी है, जिसके चलते हिमालय बचाओ आंदोलन 1981 से

83 तक जारी रखा, जिसमें हमने कश्मीर से कोहिमा तक 4,870 किलोमीटर पैदल मार्च किया।

इसके बाद तो सब जानते ही हैं कि मैं टिहरी बांध के विरोध में संघर्ष करता रहा, जो मेरी पहचान बन गया। लेकिन आज सबसे अधिक चिंता हिमालय को बचाने की है, जिसके लिए वृक्ष खेती को अपनाना होगा। जैसे मेरा मानना है कि हम ऐसे वृक्षों को लगाएँ, जिनके फल खाने के काम आएँ। दूसरे नंबर पर फूलों वाले वृक्ष लगाने चाहिए। इससे पानी का संकट दूर होगा।

आगे उन्होंने मुझे बताया – बेटा मैं गाँव का एक साधारण-सा आदमी हूँ। एक साधारण से गाँव मरोडा टिहरी में 9 जनवरी 1927 को मेरा जन्म हुआ था। मुझे भी लगता है कि हिमालयी क्षेत्र में अपना जीवन जीने के कारण ही शायद मैं प्रकृति के करीब आ पाया, जिससे मुझे पर्यावरण को बचाने की प्रेरणा मिली। महात्मा गांधी ने अपनी दूरदर्शिता के चलते ही हमें आज से 60 साल पहले ही वो कार्य करने को प्रेरित किया, जो आज बड़े-बड़े देश पर्यावरण को बचाने के लिए वैज्ञानिकों के कहने पर कर रहे हैं। गांधी जी हमेशा आम जन-मानस की बात करते थे, उन्हीं के आदर्शों का पालन करते हुए मैं अपने हर आंदोलन में आम-आदमी का सहयोग चाहता हूँ और इन्हीं आम लोगों तक अपनी बात पहुँचाने के लिए लोक गीतों, आध्यात्मिक प्रवचनों और पैदल यात्रा द्वारा संदेश फैलाने के परंपरागत गांधीवादी तरीकों को अपनाते हुए अपना काम करता हूँ।

अगर आप अब तक के सबसे लम्बे उपवास के बारे में जानना चाहते हैं तो वो टिहरी बांध के निर्माण के विरुद्ध संघर्ष के चलते 1995 में 45 दिनों का उपवास था।

बाद में उस समय देश के तत्कालीन प्रधानमंत्री नरसिंह राव ने वादा किया कि वहाँ काम रोक दिया जाएगा और सामाजिक, पर्यावरणीय एवं आर्थिक पहलुओं पर पुनर्विचार करने के लिए एक स्वतंत्र समिति नियुक्त की जाएगी। मुझे इस बात का ताउम्र दुख रहेगा कि यह सफलता अल्पकालीन थी। प्रधानमंत्री अपने वादे से पीछे हट गए।

इसके प्रायश्चित रूप में मैंने दूसरा व्रत शुरू किया जो 74वें दिन नए प्रधानमंत्री देवगौड़ा के हस्तक्षेत के बाद मैंने तोड़ा। आप देख ही रहे हैं कि आज भी मैं और पत्नी विमला टिहरी बांध के निकट ही रह रहे हैं।

मेरे इस आंदोलन में विमला ने भी पूरा-पूरा सहयोग दिया। मुझे अफसोस है कि अक्टूबर 1995 में पुरानी टिहरी के निवासी और आस-पास के गाँवों के लोगों ने भागीरथी पर बांध बनाने के लिए अपना घर खाली कर दिया।

मुस्कुराते हुए बहुगुणा जी बोले – मेरा मानना है कि जैसा गांधी जी ने कहा है कि आप अपना काम करते चलिए, पर परिणाम आपके हाथ में नहीं होते। आज भी मेरा संघर्ष जारी है व्यावसायिक गतिविधियों के कारण बड़े स्तर पर वन कटाई जारी है, जिससे हिमालय क्षेत्र को नुकसान पहुँच रहा है। इसके लिए मैंने प्रधानमंत्री मनमोहन सिंह से अनुरोध किया कि इस समस्या पर तत्काल ध्यान दिया जाए। मैंने इसके लिए एक अलग मंत्रालय स्थापित करने की भी सलाह दी है।

मैं एक साधारण-सा व्यक्ति हूँ, बस एक आम आदमी की तरह ही अपना काम करता आया हूँ। सुबह जल्दी उठ जाता हूँ, वैसे भी

आप देख ही रहे हो कि यहाँ की प्राकृतिक स्वच्छता आपको जल्दी उठने पर मज़बूर कर दें। नित्यकर्म और ध्यान के बाद, देश-दुनिया की जानकारी प्राप्त करने के लिए अखबार पढ़ता हूँ। फिर आप जैसे पत्रकार साथियों और मित्रों के भेजे गए खतों का जवाब लिखता हूँ।

उम्र का तकाजा के चलते पहले जितना काम नहीं कर पाता। मैं दोपहर को आराम करने के बाद सायं चार बजे से लेखन और फिर शाम को पास ही टहलने जाता हूँ। पहले खुद के काते सूत के कपड़े पहनता था। अब गांधीवादी विचारधारा पर चलने वाले लोगों द्वारा स्वनिर्मित भेंट किए कपड़े और सूत के बने कपड़े पहनता हूँ। जब मैंने पूछा कि बहुगुणा जी अपनी पत्नी से आपकी मुलाकात कहाँ हुई? कैसे आपने केवल उनके कहने पर राजनीति को छोड़ दिया, इस विषय में विस्तार से बताइए?

वो मुसकुराते हुए बोले मेरा तो पूरा जीवन ही गांधी जी देन है हुआ यूं कि 1956 में गांधी जी की अंग्रेज शिष्या सरला बहिन के कौसानी आश्रम में विमला पढ़ती थी, वहीं मेरी इनसे मुलाकात हुई। आपकी इस बात से मैं सहमत हूँ किसी भी पुरुष की सफलता के पीछे एक स्त्री का कहीं-ना-कहीं अवश्य सहयोग होता है। मेरे जीवन की सारी सफलताओं का श्रेय मेरी पत्नी को जाता है।

इन्हीं के सहयोग से मैंने टिहरी जिले के सबसे पिछड़े सिल्यारा गाँव में गरीब बालिकाओं के लिए आश्रम खोला। उन्हीं गाँववालों के बीच काम करते हुए मुझे शराब बंदी और अस्पृश्यता निवारण जैसे कामों को करने की प्रेरणा मिली। विनोबा भावे के निर्देश पर गांधी का संदेश आम लोगों तक पहुँचाने के लिए देश भर में यात्राएँ की।

जब मैंने पूछा बहुगुणा जी आप पुरस्कारों के विषय में क्या सोचते हैं?

आज आपको राष्ट्रीय एवं अन्तर्राष्ट्रीय स्तर पर सैकड़ों पुरस्कार मिल चुके हैं? बहुगुणा जी ने कहा देखिए पुरस्कारों को लेकर अलग-अलग लोगों का अलग-अलग दृष्टिकोण है। पर मैं यह जरूर मानता हूँ कि पुरस्कार आपके मनोबल को बढ़ाते हुए एक सामाजिक पहचान आपको दिलाते हैं। जिससे आप जो काम कर रहे हैं, उस का लाभ अधिक से अधिक लोगों तक पहुँच सकें। साथ ही आपके आंदोलन में और लोग शामिल हो सकें। वहीं बस आप अपना काम करते चलिए पुरस्कार मिले तो अच्छा, नहीं तो समाज कल्याण के लिए कार्य करना आपको सिर्फ पुरस्कार प्राप्ति के लिए मोहताज नहीं बनता।

उनकी यह बात सुनते ही मुझे एकदम याद आया कि बहुगुणा जी ने हिमालय क्षेत्रों के बचाव पर सरकारी उदासीनता के चलते साल 1981 में पद्मश्री सम्मान लौटा दिया था। यह सम्मान उन्होंने बाद में प्रधानमंत्री डॉ. मनमोहन सिंह के आग्रह पर 26 जनवरी 2009 को प्राप्त किया। बहुगुणा जी आज 86 वर्ष की आयु पार कर चुके हैं, पर आज भी समाज के प्रति उनकी चेतना कम नहीं हुई है। उन्हें आज भी समाज कल्याण और पर्यावरण की चिंता है।

प्रधानमंत्री मोदी का बरगद प्रेम

हमारे देश के प्रधानमंत्री नरेंद्र मोदी बरगद से बहुत प्रेम करते हैं। जीवन के पुष्पित क्षणों यानी कि किशोर अवस्था में एक बार वे साधु बनने के लिए हरिद्वार चले गए थे तो वहाँ एक प्राचीन बरगद के वृक्ष के नीचे उन्होंने ध्यान और साधना का अभ्यास किया था। जब वे पहली बार ध्यान में बैठे तो एक साधु ने उन्हें बैठते ही टोक दिया था, "अरे बालक यहाँ क्यों बैठ गए?"

"समाधि लगाने के लिए बैठा हूँ।"

"जानता भी है समाधि किसे कहते हैं?"

"नहीं जानता लेकिन योग साधना करने से आ जाती है।"

"तो योग साधना कैसे करते हैं?"

"यह तो नहीं पता!"

"नहीं पता तो कैसे करोगे?"

"आपसे सीख लूंगा।"

"मुझसे?"

"क्यों आप नहीं सीखाएँगे, जब मैंने आपको अपना गुरु बना ही लिया तो आपको शिक्षा देनी ही होगी।"

"आपने मुझे अपना गुरु कब बनाया?"

"अभी-अभी तो बनाया।"

"और शिक्षा कब देनी होगी?"

"वह भी अभी-अभी देनी होगी।"

"तो ठीक है चलो देते हैं शिक्षा," फिर वह संन्यासी शिक्षा देने लगे थे, "योग के जनक महर्षि पतंजलि को माना जाता है। महर्षि पतंजलि ने योग को चित्त की वृत्तियों के निरोध (योगः चित्तवृत्तिनिरोधः) के रूप में परिभाषित किया है। उन्होंने योगसूत्र नाम से योगसूत्रों का एक संकलन किया है, जिसमें उन्होंने पूर्ण कल्याण तथा शारीरिक, मानसिक और आत्मिक शुद्धि के लिए आठ अंगों वाले योग का एक मार्ग विस्तार से बताया है।

अष्टांग योग (आठ अंगों वाला योग), को आठ अलग-अलग चरणों वाला मार्ग नहीं समझना चाहिए। यह आठ आयामों वाला मार्ग है जिसमें आठों आयामों का अभ्यास एक साथ किया जाता है। योग के ये आठ अंग हैं : 1) यम, 2) नियम, 3) आसन, 4) प्राणयाम, 5) प्रत्यहार, 6) धारणा 7) ध्यान 8) समाधि।"

"गुरुवर यम क्या होता है, क्या यमराज का मतलब यम से है?"

"नहीं," उन्होंने आगे कहा, "अष्टांग योग के अंतर्गत प्रथम पांच अंग (यम, नियम, आसन, प्राणायाम तथा प्रत्याहार) बहिरंग और शेष तीन अंग (धारणा, ध्यान, समाधि) अंतरंग नाम से प्रसिद्ध हैं।

बहिरंग साधना यथार्थ रूप से अनुष्ठित होने पर ही साधक को अंतरंग साधना का अधिकार प्राप्त होता है। यम और नियम वस्तुतः शील और तपस्या के द्योतक हैं। यम का अर्थ है संयम जो पांच प्रकार का माना जाता है –

(क) अहिंसा, (ख) सत्य, (ग) अस्तेय (चोरी न करना अर्थात् दूसरे के द्रव्य के लिए स्पृहा न रखना)। इसी भांति नियम के भी पांच प्रकार होते हैं : शौच, संतोष, तप, स्वाध्याय (मोक्षशास्त्र का अनुशलीन या प्रणव का जप) तथा ईश्वर प्रणिधान (ईश्वर में भक्तिपूर्वक सब कर्मों का समर्पण करना)। आसन से तात्पर्य है स्थिर और सुख देनेवाले बैठने के प्रकार (स्थिर सुखमासनम्) जो देहस्थिरता की साधना है। आसन जप होने पर श्वास-प्रश्वास की गति के विच्छेद का नाम प्राणायाम है।

बाहरी वायु का लेना श्वास और भीतरी वायु का बाहर निकालना प्रश्वास कहलाता है। प्राणायाम प्राणस्थैर्य की साधना है। इसके अभ्यास से प्राण में स्थिरता आती है और साधक अपने मन की स्थिरता के लिए अग्रसर होता है। अंतिम तीनों अंग मनःस्थैर्य का साधना है।

प्राणस्थैर्य और मनःस्थैर्य की मध्यवर्ती साधना का नाम 'प्रत्याहार' है। प्राणायाम द्वारा प्राण के अपेक्षाकृत शांत होने पर मन का बहिर्मुख भाव स्वभावतः कम हो जाता है। फल यह होता है कि इंद्रियाँ अपने बाहरी विषयों से हटकर अंतर्मुखी हो जाती है। इसी का नाम प्रत्याहार है (प्रति=प्रतिकूल, आहार=वृत्ति)।"

"और मन की गति?"

"अब मन की बहिर्मुखी गति निरुद्ध हो जाती है और अंतर्मुख

होकर स्थिर होने की चेष्टा करता है। इसी चेष्टा की आरंभिक दशा का नाम धारणा है। देह के किसी अंग पर (जैसे हृदय में, नासिका के अग्रभाग पर) अथवा बाह्यपदार्थ पर (जैसे इष्टदेवता की मूर्ति आदि पर) चित्त को लगाना 'धारणा' कहलाता है (देशबन्धश्चितस्य धारणाय योगसूत्र 3.1)।

ध्यान इसके आगे की दशा है। जब उस देश-विशेष में ध्येय वस्तु का ज्ञान एकाकार रूप से प्रवाहित होता है, तब उसे ध्यान कहते हैं। धारणा और ध्यान दोनों दशाओं में वृत्तिप्रवाह विद्यमान रहता है। ध्यान की परिपक्वास्था का नाम ही समाधि है। चित्त आलंबन के आकार में प्रतिभासित होता है, अपना स्वरूप शून्यवत् हो जाता है और एकमात्र आलंबन ही प्रकाशित होता है। यही समाधि की दशा कहलाती है। अंतिम तीनों अंगों का सामूहिक नाम संयम है जिसके जीतने का फल है विवेक ख्याति का आलोक या प्रकाश। समाधि के बाद प्रज्ञा का उदय होता है और यही योग का अंतिम लक्ष्य है।"

और सुनते-सुनते बालक नरेंद्र मोदी समाधि में चले गए थे।

कालांतर में जब वे गुजरात के मुख्यमंत्री बने तो उन्होंने अपने राज्य में बरगद को प्रोत्साहन दिया, क्योंकि बरगद की छत्रछाया में ही उन्हें समाधि लगाने का ज्ञान प्राप्त हुआ और यही नहीं देश का प्रधानमंत्री बनने के लिए उन्होंने बरगद दादा से आशीर्वाद मांगा था, जो उन्हें मिला और फलीभूत हुआ। 2014 में अपने चुनाव अभियान के दौरान नरेन्द्र मोदी ने गांधीनगर जिले की दहेगाम तहसील के कंथारपुरा गाँव में 500 वर्ष पुराने घेघुर बरगद के दर्शन करते हुए उनसे आशीर्वाद मांगा था।

हमारे यहाँ प्रकृति पूजा का भी विशेष महत्व है और वृक्षों में जीव स्वीकार किया जाता है। वैसे वैज्ञानिक चंद्रशेखर ने भी सिद्ध किया था कि वृक्षों में जीवन होता है और वे सुख-दुख की अनुभूति करते ही हैं।

2014 में मोदी महाकाली माता के प्राचीन मन्दिर की निश्रा में गुजरात की सांस्कृतिक विरासत समान कंथारपुरा के बरगद का दर्शन करने पहुँचे। महाकाली माता के भक्तिभाव से दर्शन करके श्री मोदी ने कहा था कि दहेगाम तहसील के गाँव-गाँव में राष्ट्रीय स्वयंसेवक संघ के प्रचारक के रूप में उन्होंने इस बरगद को बरसों पहले भी देखा था।

इस बरगद के वन्य सृष्टि के वैज्ञानिक जतन और संवर्धन के लिए उन्होंने वन विभाग को निर्देश भी दिए थे। उन्होंने तब बताया था कि पश्चिम बंगाल में प्राचीन बरगद का वैज्ञानिक संवर्धन, संरक्षण हो रहा है, जिसके अनुसार इसका भी किया जा सकता है।

मोदी ने गुजरात में प्राचीन विरासतों और वन्यसृष्टि के जतन की भूतकाल में की गई उपेक्षा पर दुख जताते हुए कहा था कि ऐसी

दुर्लभ वन्यसृष्टि का विकास और संवर्धन हमारी विरासत के वैभव का दुनिया को दर्शन करवा सकता है। इस दिशा में वन विभाग को कंथारपुरा बरगद के विकास की कार्य योजना तैयार करने का निर्देश दिया था।

•••

प्रश्नोत्तरी

1. बरगद का वैज्ञानिक नाम क्या है?
   (अ) वट (ब) फाइकस बैंगालेंसिंस
   (स) बरगद (द) पाइकर

2. बरगद का पेड़ किसका प्रतीक है?
   (अ) त्रिमूर्ति का (ब) विष्णु का
   (स) चतुर्भुज का (द) शिव का

3. बरगद पर कौन-से कीड़े बिठाए जा सकते हैं?
   (अ) नाली के (ब) लाख के
   (स) खेतों के (द) झिंगुर

4. जटारूपी किस देवता को कहते हैं?
   (अ) शिव को (ब) गणेश को
   (स) हनुमान को (द) विष्णु को

5. अक्षय वट वृक्ष कहाँ है?
   (अ) इलाहाबाद में (ब) दिल्ली
   (स) कोलकाता (द) अजमेर

6. सावित्री के पति का क्या नाम था?

(अ) राम (ब) सत्यवान्
(स) लक्ष्मण (द) कृष्णा

7. वट के पत्तों पर घी लगाकर शरीर पर बाँधने से क्या कम होता है?

(अ) दर्द (ब) सूजन
(स) पीडा (द) जलन

8. बरगद के फल किस रंग के होते हैं

(अ) हरे (ब) पीला
(स) गुलाबी (द) लाल

9. 'बरगद का दर्द' कहानी के लेखक कौन हैं?

(अ) जयशंकर प्रसाद (ब) रवींद्र खरे 'अकेला'
(स) प्रेमचंद (द) गुरुदत्त

10. कंथारपुरा गाँव में किस प्रधानमंत्री ने वट वृक्ष का आशीर्वाद लिया था?

(अ) मनमोहन ने (ब) इंदिरा गांधी ने
(स) नरेंद्र मोदी ने (द) नेहरु जी ने

उत्तर

1. ब 2. अ 3. ब 4. अ 5. अ 6. ब 7. ब 8. द 9. द 10. स